洗尽凡尘

合心 著

文化艺术出版社

图书在版编目（CIP）数据

洗尽凡尘 / 合心著 . -- 北京：文化艺术出版社，2018.12

ISBN 978-7-5039-6610-1

Ⅰ.①洗… Ⅱ.①合… Ⅲ.①诗集—中国—当代 Ⅳ.① I227

中国版本图书馆 CIP 数据核字 (2018) 第 273407 号

洗尽凡尘

著　　者	合　心
责任编辑	叶茹飞
书籍设计	丁智睿
出版发行	文化藝術出版社
地　　址	北京市东城区东四八条 52 号（100700）
网　　址	www.caaph.com
电子邮箱	s@caaph.com
电　　话	（010）84057666（总编室）84057667（办公室） 　　　　 84057696—84057699（发行部）
传　　真	（010）84057660（总编室）84057670（办公室） 　　　　 84057690（发行部）
经　　销	新华书店
印　　刷	国英印务有限公司
版　　次	2019 年 3 月第 1 版 2019 年 3 月第 1 次印刷
开　　本	710 毫米 ×1000 毫米　1/16
印　　张	11.5
字　　数	20 千字
书　　号	ISBN 978-7-5039-6610-1
定　　价	39.80 元

版权所有，侵权必究。印装错误，随时调换。

自　序

　　年愈长，愈觉古诗词之味长，此中真意自心知，妙处神会难摩说。遂志于此。感时接物，心有所得，即缀字成篇。积沙成塔，集腋成裘，诗稿偶成。虽无下笔有神、才力老益之名，亦有来不可遏、去不可止之兴。

　　集中诸篇，或记人情旧事，品杂书佳茗；或观斗转星移，悟禅境妙道。心有余闲，笔无高下，一景一物皆涉笔成章，草木虫鱼成自然之趣。诗无重彩华章、高妙哲思，但求文理天然、逸趣横生。一沙一石、一花一鸟本自天成，徒有秃笔难状、意不及情之憾，实难摹其万一矣。唯耽读累夜、醉茶连朝之乐；雨后观景、卷袖捧沙之趣，跃然纸上，溢于诗外。集成供有心人观之，或千里一笑，莫逆于心；或得意忘言，物我浑然；或月开云霁，神会古贤。此皆明了我之同道中人，可谓知己。

　　集名"洗尽凡尘"，无深章大义，只为一得之乐。俗世浮沉，杂事百端，悟透"凡尘"已属不易，何敢言及"洗尽"？只为俯仰半世，心有点悟，超凡入圣、纤尘不染之境虽不可及，但忘怀得失、刹那虚静之状时有所得。焚香静观之时，凝万态为一端，化七彩为一白，虽未"洗尽"，庶几近之。故题集名，以坚其志，以励其行。

　　是为序。

目 录

丙申卷 　　　　　　　　　一

　　追思好友　　　　　　　　三
四月
　　赠贤弟张彬　　　　　　　四
　　江南春雨　　　　　　　　四
　　相忆深　　　　　　　　　五
　　思乡·向晓　　　　　　　五
五月
　　思乡·夜来香　　　　　　六
　　思乡·捧书煮茶　　　　　六
　　海之南　　　　　　　　　七
　　觅凉　　　　　　　　　　七
六月
　　江月　　　　　　　　　　八
　　雨后春晚　　　　　　　　九
　　爱莲　　　　　　　　　　九
　　闲居　　　　　　　　　一〇
　　游天鹅公园　　　　　　一一
　　游白鹭洲　　　　　　　一一
　　青青菜园　　　　　　　一二

　　回家　　　　　　　　　一二
　　夏雨　　　　　　　　　一三
　　晨读香山　　　　　　　一三
　　西山初雨　　　　　　　一四
　　西山雨后　　　　　　　一五
　　夏夜雷雨　　　　　　　一五
　　咏荷　　　　　　　　　一六
　　夏日远景　　　　　　　一七
　　敦煌　　　　　　　　　一七
七月
　　沙洲　　　　　　　　　一八
　　西北游　　　　　　　　一八
　　说家　　　　　　　　　一九
　　暴雨　　　　　　　　　一九
八月
　　炎暑　　　　　　　　　二〇
　　中原行　　　　　　　　二〇
　　西山晚景　　　　　　　二一
　　千古一爱　　　　　　　二一
　　碧云寺　　　　　　　　二二
　　葡萄　　　　　　　　　二三
　　海边远望　　　　　　　二三

九月
  雾中山色   二四
  秋日访古寺   二四
  桂花   二五
  香日微雨   二五

十月

十一月
  晚霞   二六
  博雅塔   二六
  日落   二七

十二月

一月
  回乡偶记   二八
  祁连山   二八
  园中   二九
  梅   二九

丁酉卷   三一

  蕉下饮茶   三三
  玉兰香   三三

一月
  爱心观音   三四

二月
  初雪   三五
  海棠滩晚景   三六
  观潮   三六
  幽居   三七

三月
  清明   三八
  满园春   三八

四月
  香山晚景   三九

五月
  园中花果   四〇
  西山云   四一
  品茗   四一

六月

七月
  游唐堤   四二

八月
  浅秋晚景   四三
  夜读   四三
  雷雨   四四
  老树普洱   四五
  西山夜   四六
  林下观书   四六
  浪淘沙·北戴河之夜 四七

清秋天蓝	四七
园中独耕	四八
园中秋色	四八
观雨	四九
西山初秋	四九
烟荷其一	五〇

九月

烟荷其二	五一
归田	五二
西山秋芸	五三
中元祭	五三
燕山秋	五四
鹧鸪天·秋离	五四
异乡栖	五五
满园花开	五五
蓝玉流烟	五六
相思令·秋	五六
中秋赋	五七
忆王孙·秋雨怅寒露	五七

十月

晚霜	五八
青竹	五八
西窗品茗	五九
晨读	五九

十一月

繁花	六〇
流年	六〇
风中枯叶	六一
月照相思	六一
大德歌·京郊冬	六二
小雪·茶札	六二
秋风歌引赋·京南小雪	六三
江南烟雨	六三
江南赋	六四
过衡阳	六四
古城	六五

十二月

禅舍沐山	六六
禅舍煮茶	六六
梦	六七
苍山	六七
湖映雪山	六八
南国古城	六八
锦城行	六九
红豆	六九
游古刹	七〇
小园花果	七〇
初冬即景	七一
元旦	七一

西窗月	七二	登瑞云楼有感	八五
新春	七二	江南雪	八六
一月		琼树飞花	八六
感恩	七三	圆月	八七
月照西窗	七三	日照雪残	八七
雪夜梦思	七四	二月	
雪梅	七四	冬日解寒	八八
初心	七五	立春	八八
雪中情	七五	小年	八九
别梦寒	七六	西山落日	九〇
松塔	七六	把卷品茗	九〇
腊日暮雪	七七	鸟倦归	九一
郊野晨读	七七	别梦	九一
修山	七八	芙蓉赞	九二
定慧	七八	除夕祝福	九三
了悟	七九		
大寒	八〇		
观归鸦有感	八一		
冬意浓	八二	**戊戌卷**	九五
红泥小炉	八二		
沐曦阳	八三	除夕感怀	九七
鹊戏枯枝	八三	二月	
君行早	八四	除夕·修身辞	九八
游阳明故居	八四	南海禅寺	九八
河姆古渡行	八五	滩上行	九九

春夜流年	九九	行香子·春微踏青	一一三
夜半读书	一〇〇	**四月**	
踏沙行	一〇〇	清明	一一四
归中原	一〇一	沁园春·西山春暮	一一五
童年印象	一〇一	咏海棠	一一六
碎浪涛声	一〇二	春游颐和园	一一六
耕读传家	一〇二	南乡子·回中原	一一七
春将至	一〇三	春意	一一七
问	一〇三	青禾	一一八

三月

点绛唇·大凉山美	一〇四	农乐	一一八
梅花引·早春	一〇五	满园芳	一一九
夜思	一〇五	**五月**	
问禅	一〇六	蔷薇花开	一二〇
渔家傲·两会感言	一〇六	太康	一二一
河传·春思如烟	一〇七	再归太康	一二一
冬无怨	一〇八	青麦感怀	一二二
一络索·春雪	一〇九	浪淘沙令·中原行	一二三
云水禅	一〇九	菊花	一二三
二月二有感	一一〇	小园春色	一二四
蝶恋花·春分	一一〇	满园花开	一二四
点绛唇·暗滩踱幽	一一一	玉泉	一二五
一剪梅·日暮海棠湾	一一一	树下	一二五
一剪梅·再顾海棠	一一二	**六月**	
遍枝花	一一二	落花颂	一二六
		书茶流年	一二六

石榴	一二七	七月	
梦忆高堂	一二七	荷叶	一四〇
初心	一二八	登香炉峰	一四一
端午赏荷	一二八	观禾赋章	一四一
江城子·慈母忌日是端午		芙蓉香	一四二
	一二九	半塘青荷	一四二
梦	一二九	连理枝	一四三
端午	一三〇	如梦令·夜	一四三
蔷薇花开	一三〇	禅境·宇岸	一四四
荷花	一三一	同学问宇岸	一四四
夏至	一三一	雨漫青园	一四五
游香炉峰	一三二	半塘青荷	一四五
阮郎归·浮萍	一三三	清平乐·桑拿天	一四六
芙蕖初开	一三三	西山夜雨	一四六
晚来雨落	一三四	雨中晚景	一四七
梦	一三四	金夏	一四七
踏莎行·说荷	一三五	江南	一四八
登玉泉山	一三六	山中远眺	一四八
云水濛	一三六	夜跑见闻	一四九
归乡	一三七	山中望山	一四九
青色农家	一三七	夜跑莲池	一五〇
古巷荷花	一三八	云水话禅	一五〇
热	一三八	水调歌头·咏夏	一五一
凡尘	一三九	插花	一五二
玉米	一三九	沏泉	一五二

过尼山	一五三	临江仙·夜雨醉珠江	一六三
浣霓虹	一五三	浣溪沙·梦	一六三

八月

		浅秋即景	一六四
海市蜃楼	一五四	空山黄叶飞	一六四
梦回军旅	一五四	烟·茶·禅	一六五
荷叶青	一五五	荷花	一六六
苦热行	一五五	耕读辞	一六六
小圃花果·红椒碧果	一五六	喜会老友	一六七
小圃花果·绿叶青瓜	一五六	醉茶	一六八
山中蝉鸣	一五七	叶舞霓裳	一六八
秋实芳菲	一五八	玉露丹枫	一六九
浅秋	一五八	行禅	一六九
秋来	一五九	浣溪沙·秋夜	一七〇
村雨	一五九	秋冷	一七一
忆乡	一六〇	莲池秋景	一七一
黄叶落	一六一	悟	一七二

九月

		赏月入禅	一七二
雨景	一六二	沁园春·中秋夜	一七三

丙申卷

四月

追思好友

风起云涌渐憔晴,
落落无语思王兄。
正是豪情绝风华,
仁义担当笑音容。
(2016年4月20日)

赠贤弟张彬

豫东多才子,商丘张府门。
风流堪不羁,满腹皆经纶。
醉酒工词章,风华懿红尘。
寸楮讽天下,义薄盖琼云。
(2016年4月26日)

江南春雨

淅淅沥沥柔如烟,
灯火氤氲雨幻禅。
上善若水浸春月,
书卷浓浓读江南。
(2016年4月26日)

相忆深

本是天上一抹虹,
偷落凡间颂佛经。
怎堪红尘多情痴,
相思深深成花红。

（2016年4月26日）

思乡·向晓

捧书恬恬不敢声,
庭院幽幽天将明。
薄雾袅袅露带水,
彼岸此刻才初更。

（2016年5月11日）

思乡·夜来香

清叶翩翩戏鹅黄,
风摇徐徐弄芬芳。
干枝万千九重葛,
今日才栽夜来香。

(2016 年 5 月 17 日)

思乡·捧书煮茶

恬淡听鸟唱, 悠然闻花芳。
风轻丝丝柔, 安享好时光。
翻书不经意, 煮茶醉清香。
忘却漂泊苦, 心灵在异乡。

(2016 年 5 月 19 日)

海之南

又见白云白如染,
穹宇琛琛绿如蓝。
苍翠氤氲泼幻彩,
琼地如诗海之南。
(2016年6月6日)

觅 凉

细汗密密涌成珠,
才出桑拿进火炉。
快步匆匆寻树荫,
慢走片刻肉已熟。
(2016年6月6日)

江 月

其一

一水分两岸,
满目珠江月。
半滩比灯火,
点点皆词阕。

其二

半江半山半月弯,
灯火成幻染阑珊。
对酒当唱岭南令,
珠水悠悠出韶关。

(2016年6月7日)

雨后春晚

一夜雨疏皆入梦,
湿遍岭南半江风。
氤氲无际远山锁,
满枕心思如初衷。
（2016年6月8日）

爱　莲

莲花池碧郁荷香,
尖角才露瓣未央。
蘼芜青蓬羞嫩蕊,
半涩半柔半弥彰。
（2016年6月12日）

闲 居

琼厦闽门如画卷,
茵茵似翠浓墨染。
天斧神功雕仙居,
安心此隅不做仙。
(2016 年 6 月 13 日)

游天鹅公园

柔水绕青洲,
天鹅湿地游。
不可大声语,
恐将画吹皱。

(2016 年 6 月 14 日)

游白鹭洲

白鹭绿洲卧石砣,
风度翩翩黑天鹅。
凤凰落红染琼厦,
大雨忽来洗阡陌。

(2016 年 6 月 14 日)

青青菜园

菜园硕硕瓜青青,
雨后茁茁果雍雍。
信手拈来桃红面,
今晌饕餮唤厨公。

(2016年6月17日)

回　家

雨疏落落敲闲窗,
行人匆匆赶脚忙。
闭目数点听乡戏,
半梦半醒纳清凉。

(2016年6月20日)

夏 雨

消夏及时雨,
噼啪溅泥香。
霏水不可淋,
三伏天更凉。
（2016年6月20日）

晨读香山

水雾氤氲浣溪沙,
万丝阳光织殊华。
读书最宜香山早,
禅意炎炎茯苓茶。
（2016年6月21日）

西山初雨

枝摇天欲晚,
霭深隐青蓝。
风徐送清凉,
雷声响远山。
(2016年6月21日)

西山雨后

西山雨后赏霓云,
浓泼淡抹欲勾魂。
才说天凉好个夏,
灯火尽处洗纤尘。
(2016年6月21日)

夏夜雷雨

皓月朗朗嵌苍穹,
闪电连连无雷声。
西边浩瀚东边雨,
灯火阑珊纳清风。
(2016年6月21日)

咏 荷

庭院青青清如许，
碧荷萝烟茅庐居。
本是仙子眉间红，
一朝灿烂染芙蕖。
（2016年6月29日）

夏日远景

远山袅袅染青黛,
半坡霏霏缠雾霭。
炎夏小暑值今日,
苍翠蔫蔫遮藓苔。
(2016年7月7日)

敦　煌

鸣沙百里吹成山,
月牙千年照流泉。
莫高绘彩万佛窟,
丝绸之路敦煌连。
(2016年7月11日)

沙 洲

沙洲寂寞冷,
岁月堆成峰。
绵延几万丈,
粒粒皆生灵。
（2016年7月11日）

西北游

沙棘开花点点黄,
蒿草蓁蓁叶未央。
茫茫苍苍不毛地,
塔城过去是北疆。
（2016年7月15日）

说 家

零落铁轨旁,
石碑刻沧桑。
问君哪里人?
可曾思故乡!
(2016 年 7 月 15 日)

暴 雨

天上银河决了口,
大雨如注倾盆流。
长街湍湍成汪洋,
行辇如龙浪中游。
(2016 年 7 月 20 日)

炎 暑

水雾琛琛欲摧城,
枝垂奄奄无表情。
已忘大暑第几天,
京华皆是摇扇声。
(2016年7月30日)

中原行

厚土青青植,
阡陌行行诗。
中原是故乡,
泪流湿相思。
(2016年8月3日)

西山晚景

西山晚晴霞濡染,
青黛尽处是鸣蝉。
凉风习习摇碧树,
才却立秋月半圆。
(2016年8月9日)

千古一爱

银瀚迢迢几万里,
思君绵绵寒宫寂。
七夕无情两不负,
此爱遥遥无逢期。
(2016年8月9日)

碧云寺

其一

碧云古刹知秋早，
斗拱椽弧欲天高。
本是中山仙厝处，
禅香半山沏喧嚣。

其二

西郊一径三百寺，
唯有碧云不染埃。
绀翠凌虚衣冠冢，
中山寄厝绕法台。
（2016年8月26日）

葡 萄

西山晴晚浅秋凉,
藤上硕硕结晶霜。
入口珠滑凝酸醉,
香绵唏嘘嘬成浆。
(2016年9月2日)

海边远望

又见汐止花千重,
苍翠层叠染碧空。
清风徐来溢馨香,
万里琼浪醉雍容。
(2016年9月4日)

雾中山色

琼楼宇处赏草山，
水雾袅渺飘逸烟。
淡彩柔柔泼画墨，
老夫禅修阳明仙。
（2016年9月6日）

秋日访古寺

浮生难得半日闲，
捧书品茗耕田园。
秋高气爽莫辜负，
落叶悠悠付流年。
（2016年9月24日）

桂 花

桂花醇醇香如酿，
含羞浅浅笑微漾。
秋月开处梅菊妒，
蕊蕾成金晒鹅黄。
（2016年9月26日）

香日微雨

雨打荷叶卷，风来响蓬莲。
秋水澈如澄，瑟瑟照衣单。
两地多相思，浅愁袅氤烟。
燕北皇城西，艳阳红香山。
（2016年10月29日）

十一月

晚 霞

晚霞如荼燃西天,
霓浣成彩泼江山。
枯枝蔫叶风落处,
离别不忍多缱绻。

(2016年11月8日)

博雅塔

未名碧湖不染冬,
柳青水谧映红藤。
博雅慧塔拥苍翠,
今夜霜来最心痛!

(2016年11月8日)

日 落

落日余晖彤如燃,
才却白云染天蓝。
青青蔓坡落红叶,
瑶池倒影是雪山。
(2016年12月29日)

一月

回乡偶记

西山有月大如嵌,
晨星寥廓拜银盘。
莫道君行早赶路,
车马水龙抢过年。

(2017 年 1 月 12 日)

祁连山

荒芜万里飘黄沙,
蒿草枯枝隐农家。
裸山绵延寒风冽,
祁连以西皆天涯。

(2017 年 1 月 12 日)

园 中

青叶舞艳阳，绿枝摇花香。
红锦攀紫藤，木棉落满窗。
偶有椰风疾，果枞爬邻墙。
半坡芭蕉林，一树桂蕊酿。

（2017年1月22日）

梅

邻府有梅爬过墙，
含羞怯怯溢暗香。
谁家木棉正当红，
矜持恬恬做情郎。

（2017年1月25日）

丁酉卷

蕉下饮茶

雨打青蕉叶如洗,
风来成珠落落急。
观海听涛伞下客,
香茗一盏任身浥。

(2017年1月31日)

玉兰香

扁舟摇碎浪,
雨淋人未央。
椰下踩沙洗,
一滩玉兰香。

(2017年1月31日)

二月

爱心观音

其一

台前唱大戏，
幕后修真人。
一腔菩萨心，
合掌洗梵尘。

其二

千年华粹承汝公，
板眼恰恰唱禅声。
青衣合掌观世音，
善睐慈眸度众生。

（祝贺汝公兄新京剧《爱心观音》演出圆满成功。2017年2月29日）

初 雪

其一
轻雪绒绒落京华,
仙子飘飘撒琼花。
耕垅簌簌成玉带,
一晌白首千万家。

其二
红墙黄脊染白瓦,
斗拱凝阶似冰甲。
阡陌半晌成琼瑶,
一枝红棠压梨花。

(2017年2月21日)

海棠滩晚景

流沙弯弯海棠滩,
碧水柔柔天际涟。
青黛婉约多婀娜,
夕暮含羞醉缠绵。

(2017年2月28日)

观　潮

涛声隆隆如雷鸣,
浪到岸上滚雪龙。
潮退滩进洗平沙,
鸥翔抖翅扑大风。

(2017年2月28日)

幽 居

一抹晨曦浴禅席,
古琴落落等花期。
青禾恬恬沐时光,
捧书盘坐渐皈依。
(2017年3月12日)

四月

清　明

雨打青麦祭清明，
水雾氤氲拜亲冢。
号啕跪地泪洗面，
纸钱燃尽哭悲声。
（2017年4月4日）

满园春

植芷葱葱摇紫藤，
艳阳丝丝奏弦弓。
凌霄才栽吐绿芽，
满园春赋绘丹青。
（2017年4月23日）

五月

香山晚景

其一

凭栏沐月纤如雪，
倚楼听花语若哕。
为有暗香馨如许，
曲径幽幽等风约。

其二

月上西山头，愈夜愈温柔。
满园花烂漫，馨香醉千愁。
青叶窃窃语，影疏沙华流。
莫负好时光，弃书登琼楼。

（2017年5月10日）

园中花果

其一

玉白比紫红,
浅粉堪雍容。
樱果熟七分,
落鸟当馋虫。

其二

和风摇碧荷,花香惹蜂落。
葡萄才结珠,樱桃红如灼。
青果是海棠,藤花最婀娜。
竹笋一夜长,节节皆般若。

(2017年5月23日)

西山云

火烧西山云,
峰峦做柴焚。
恰有偷拍客,
景美多几分。

(2017年6月25日)

品 茗

玉泉带露披星舀,
老树陈普柔火调。
蒲扇泥炉煮三伏,
茶香不觉醉知了。

(2017年7月26日)

游唐堤

翠湖碧罗翡,
半岸青竹薇。
菱角跐唐堤,
水潋映柳垂。
(2017年8月2日)

浅秋晚景

夕霞带雨落浅秋,
暑热炎炎不知愁。
云黛琼染墨山翠,
风掠渠蒿乱磕头。

(2017年8月9日)

夜　读

倚窗捧书听雨落,
灯火阑珊风婆娑。
凉意惬惬浅秋漪,
滚雷渐远电闪多。

(2017年8月11日)

雷 雨

其一
黑云忽来欲摧城,
惊雷电闪卷狂风。
谁家顽童没看住,
天河戳个大窟窿!

其二
黑云忽来压半城,
凉气凝滞不见风。
万籁俱息等惊雷,
天河堤溃淹苍穹。

(2017年8月13日)

老树普洱

老树普洱陈如许,
我让清风去会你。
青青子衿风可饮,
一杯香茗醉白衣。
(2017年8月13日)

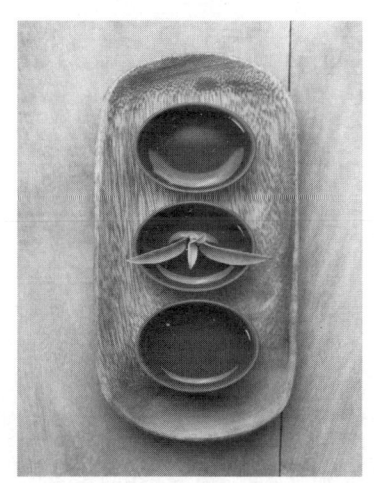

西山夜

我在西山听风语,
凉风习习蝉鸣稀。
万籁穹星三两隐,
泼露惊秋忘添衣。
(2017年8月14日)

林下观书

悠然读书枣林下,
慢蹴秋千沐曦纱。
新藤阶藓禅荷叶,
不羁时节开桑麻。
(2017年8月15日)

浪淘沙·北戴河之夜

戴河湾南北，星瀚灿漯。
滩漠粼波楼倒垂。
暮色鎏金秋已醉，清凉夜不归。
（2017年8月19日）

清秋天蓝

穹蓝若碧紫霞染，
纤手织云弹成棉。
水洗清秋在昨夜，
风来爽凉摇鸣蝉。
（2017年8月23日）

园中独耕

蔚蓝万丈和风畅,
咽蝉嘶鸣秋已凉。
木叶惊年清溽暑,
此刻老夫独耕篁。

(2017年8月24日)

园中秋色

一天雨霏洗浅秋,
香篆烬暖添新愁。
漫道落叶恋短夏,
梧桐蒹葭染璃琉。

(2017年8月27日)

观 雨

今宵风雨笺古道，
明朝艳阳照秋高。
且将豪情付秋水，
麒麟才疏插山飙。

（2017年8月27日）

西山初秋

西山才秋天已高，
薄暮如纱纺夕照。
风来迢递凉如许，
蝶舞潺湲多窈窕。

（2017年8月30日）

烟荷其一

雾里缥缈荷未央,
仙子恋凡惹玉皇。
幻作莲花相思瓣,
芬芳清香会情郎。
(2017年9月2日)

烟荷其二

冷烟染青荷,
江山黑白泼。
素颜且温柔,
衣袂画水墨。
(2017年9月2日)

归 田

其一
西风吹皱芷兰穹，
络纬浸秋高万重。
阡陌蒹葭秋秸萎，
澹尔归耕做老农。

其二
澹云凝兰白，
淡浓缭情睐。
劝卿莫采撷，
普天皆我栽。

（2017年9月5日）

西山秋芸

满地红玉皱，
香馨若酿稠。
小院才七月，
西山秋芸旒。

（2017 年 9 月 7 日）

中元祭

烟笼中元月烁纱，
纸灰扬火燃烛蜡。
焚香祀酒南方拜，
庭树婆娑不识家。

（2017 年 9 月 7 日）

燕山秋

夕阳织柔濯㳘渠，
余光潺湲涟清漪。
燕山秋早裹露晚，
暮帷浊醪幽蝉栖。

（2017年9月8日）

鹧鸪天·秋离

红玉知秋满地殇，蝉喓无奈喑凄凉。
凌霄惙忡滋青苔，月季唯堪花中皇。
风徐来，酒酿香。小曲清唱心未央。
托腮黯然对夕阳，又要别离恨天长。

（2017年9月12日）

异乡栖

蓝薇染白絮,霞浦金线芷。
渺渺登云籁,苍松撑天枝。
清风帛檐泓,蔻色濯陋室。
思想昼当夜,身在客国栖。
(2017年9月15日)

满园花开

白兰花开香如酿,
柠檬青涩比橘芒。
前年才栽红梅粉,
亭亭玉立唤风郎。
(2017年9月15日)

蓝玉流烟

流烟袅袅出石矶,
泉涌汩汩自成溪。
水幻五彩凝蓝玉,
仙子出浴浣纱衣。
（2017 年 9 月 18 日）

相思令·秋

天渐凉，秋未央。
碧空如洗淡云妆，草青稼古耩。

世俗恼，费思量。
汗牛充栋禅意酿，捧卷听花香。
（2017 年 9 月 27 日）

中秋赋

皓月穹隆穿云桡,中秋宛潭胶戾高。
逾波趋洭蝉鸣稀,苤苤下濑霜露淅。
瀺灂霣坠嫦娥泪,砰磅訇礚玉兔娇。
潝潝洄洄相思苦,滫溹鼎沸煮茶膏。
驰波跳沫漻无声,灏漾潢漾嚣滈滈。
随风澹淡波摇荡,奄薄水渚喋菁藻。

(2017年10月4日)

忆王孙·秋雨怅寒露

其一

实叶葰栐立丛倚,连卷槛佹孡骪稀,間砢垂条摇㚤伲。
扶疏柳,落英幡纚阪下隰。

其二

卉歆盖象角徵羽,傑池芷虒琬籁嘶,玢豳赤瑕桂树枝。
拘梧桐,樟枣蒲陶隐薁棣。

(2017年10月8日)

晚 霜

霜晚寥寥草木凝,
塞外昨夜雪水潆。
陇上九月西风卷,
乱我衣薄最无情。

（2017 年 10 月 11 日）

青 竹

秋水澄澈洗浮萍,
半树凋碧半树红。
菊黄荷残柳如烟,
青竹傲霜更峥嵘。

（2017 年 10 月 12 日）

西窗品茗

茶庐青青不立冬,
放眼西窗遍山红。
朗朗晨颂会古人,
曦照暖暖品香茗。
(2017年11月7日)

晨 读

晨诵晚读不离书,
耕墨传家偶挥锄。
粗茶淡饭缝布衣,
花前月下唱诗赋。
(2017年11月8日)

繁　花

蒹葭苍苍漫青藤,
绿蔬茵茵爬阡垄。
犹觉繁花开昨日,
岁月无痕太从容。

（2017 年 11 月 11 日）

流　年

飞叶乱舞不堪风,
翩跹飘忽变精灵。
日暖解霜染萋草,
流年无奈又到冬。

（2017 年 11 月 17 日）

风中枯叶

冷风萧萧折盈菊,
黄蒿萋萋舞荒渠。
枯叶欲坠心不甘,
零落瞬间飘姿栩。
（2017 年 11 月 18 日）

月照相思

薄暮阑珊风卷沙,
高树影绰满枝鸦。
夜寒凝露结浅愁,
相思如月照蒹葭。
（2017 年 11 月 18 日）

大德歌·京郊冬

谁堪华，月季花，哪个知蜡梅开谁家。
霜菊瘦如画，小桥流水巢鸦。
垅渠蒿桤荡蒹葭，夕照落英晚霞。
（2017年11月20日）

小雪·茶札

凝水初成烹老茶，
身如渡海堆白沙。
清波溯洄尘世浪，
煮透流年等春葭。
（2017年11月22日）

秋风歌引赋·京南小雪

京南小雪夺命火，顺天府尹做引药。
疏解告示驱农工，被逐不甘泪婆娑。
事不关己视无睹，邀功做秀人情漠。
呼唤大唐杜工部，再作茅庐秋风歌。

（2017年11月24日）

江南烟雨

一蓑烟雨沐红蕉，
柔风缥缈楚女腰。
荡橹生寒赋惊鸿，
江南浅霜染芷蒿。

（2017年11月29日）

江南赋

其一
云水如烟沐碧湖,
含羞濯尘舞姿舒。
楚女不堪冬月冷,
风来细腰瑟瑟洙。

其二
烟雨蒙蒙锁江南,
云水如书柔柔翻。
一湖泼墨染三镇,
半缇野鸟濯漪涟。
(2017年11月30日)

过衡阳

一路向南未觉暖,
云水窈窕柳含烟。
才辞荆楚离骚渐,
衡阳过后是韶关。
(2017年11月30日)

古　城

其一

溪照亭台窗含雪，
岁月若雕慢不觉。
瓦屋栉比荡碧柳，
古城恬恬等君约。

其二

一盏心灯遄流溪，
四方古街寻红衣。
我本前朝风流客，
今夜穿越约化期。

（2017年12月1日）

禅舍沐山

书如处子约晨曦,
不施粉黛花作衣。
柔风飘窗送暗香,
禅舍沐心芳菲洗。

(2017年12月2日)

禅舍煮茶

草色恬恬花若诗,
云水沐沐曦如织。
禅意浓浓皆空相,
老茶慢煮话新知。

(2017年12月2日)

梦

暖阳照人懒，
梦笑山外山。
流年无知觉，
忘了在人间。
（2017年12月2日）

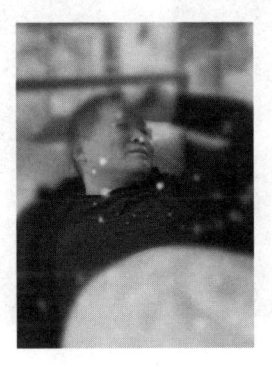

苍 山

积雪堆琼卧碧空，
天神下凡雕玉龙。
晴霞争熠幻紫金，
纳西苍山第一峰。
（2017年12月3日）

湖映雪山

琼蔚瑶蓝染碧空,
蒿枯草篁风摇松。
湖涵雪山照峰嶂,
瑞霭辉光入画中。
(2017年12月3日)

南国古城

南国不堪冬月早,
风袭薄衣瑟瑟飘。
烟袅丛兰裹华露,
半窗残月在柳梢。
(2017年12月6日)

锦城行

日曦难得照锦城,
花间闲坐晒芙蓉。
蜀州兰香八百里,
篷艘青衣万千重。
(2017年12月6日)

红 豆

红豆轻轻叹,
花馨芬若兰。
纵然为邻居,
缘浅未谋面。
(2017年12月8日)

游古刹

难得天蓝白如染,
青黛曦沐山水涵。
云居禅心石上刻,
古刹沧桑已千年。
(2017 年 12 月 10 日)

小园花果

花艳红如燃,
碧池影天蓝。
青果密密结,
兰开主人还。
(2017 年 12 月 22 日)

初冬即景

日短不觉冬至岁，
琼花冰矶待春晖。
遁地野风舞枯树，
曦纱穿云渐暖微。
（2017 年 12 月 22 日）

元　旦

桑野未雪元朔浓，
哓寒料峭水织冰。
松篁枯柳同旦暮，
流年新岁唤春风。
（2017 年 12 月 30 日）

西窗月

半楠明月悬西窗,
清冷寂寥照陋房。
醒来亦是新元塑,
心香袅袅燃禅堂。
(2017年12月31日)

新 春

新年伊始,万象更新。
少些抱怨,多些感恩。
善良宽容,阳光青春。
笑口常开,高尚随心。
流年易逝,安康唯尊。
光阴荏苒,寡言是金。
(2018年1月1日)

感 恩

山隐万籁静，偶觉野虫鸣。
西窗月照霜，枝枯冷拽风。
煮茶红火炉，帘幕冰绡融。
晨读声琅琅，犬吠宠相争。
焚香待曦早，和乐踱闲庭。
流年常感恩，今岁心无冬。

（2018年1月3日）

月照西窗

西窗冷月圆如盘，
斜光如沐溢清寒。
心思浮槎琉璃霜，
菲微扶疏照帏帘。

（2018年1月4日）

雪夜梦思

天地无垠掩柴扉，
雪如鹅毛雰雰菲。
醒来西窗照冷月，
梦里思亲故乡回。
（2018年1月5日）

雪　梅

含苞待放慕冬雪，
鹅黄濡染配晶珏。
乱红点点涵玉洗，
仙子下凡凌寒约。
（2018年1月5日）

初 心

夜不能寐悔浮夸,
流年不觉染发华。
辗转反侧问初心,
余生谦朴对蒹葭。

（2018年1月7日）

雪中情

岁末未雪寒如铁,
风狂吹碎阶前月。
归乡民工择近路,
匆匆不顾河冰裂。

（2018年1月10日）

别梦寒

曦照山外山,
风洗琼瑶蓝。
金晖串万户,
苍生别梦寒。

(2018年1月11日)

松 塔

悲风吹松寒,
冷曦照荒烟。
蓬蒿舞阡陌,
禅意山外山。

(2018年1月12日)

腊日暮雪

晨颂临风不觉寒,
灯火阑珊惊吠犬。
最羡腊月霜滋晓,
快马向东暮白连。
(2018年1月15日)

郊野晨读

枯枝染霜白如雪,
晨读郊野对星月。
荒蒿风摇芦苇荡,
农家早炊侍耄耋。
(2018年1月17日)

修 山

老树干枝枯藤，黄杨绿竹青松。
亭阁阳台曦照，荒蒿野草寒风。
美人倚坐浅笑，盘膝合掌诵经。
奉茶读书流年，谦和诚朴今生。

（2018年1月18日）

定 慧

禅定灵出窍，
宇穹皆般若。
慧根濯浊世，
轮回度佛陀。

（2018年1月18日）

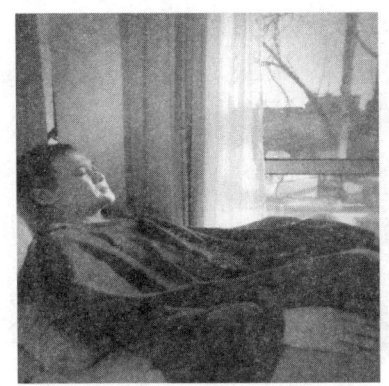 

了 悟

管他什么功和名,
百年之后皆荒冢。
当下即悟犹未晚,
我本凡夫何时醒?
(2018年1月19日)

大　寒

溪水断流逢大寒，
日躔箕斗腊月天。
奎娄月宿踏浮光，
掐指又到本命年。
（2018年1月20日）

观归鸦有感

夕阳西下几归鸦,
余晖尽处是农家。
正是腊月封河冰,
霓虹返照燃迩遐。
(2018年1月23日)

冬意浓

煮茶会知己,
南方雪消息。
京华氤氲晚,
冬琛姗姗迟。

(2018年1月27日)

红泥小炉

晚来天欲雪又没,
能饮一杯无恣睢。
红泥小火炉水煮,
暮衾枕冷暮烟垂。

(2018年1月28日)

沐曦阳

风大吼窗嘶嘶狂,
惊我酣梦沐曦阳。
晨读日浴三竿冷,
唯有相思暖心房。

（2018年1月28日）

鹊戏枯枝

饥鹊嘬树觅寒食,
跃向蓝天沐晴诗。
皇城冬琛久未雪,
难得午闲戏枯枝。

（2018年1月28日）

君行早

楠月澄玉宇,天高朗星稀。
莫道君行早,匆归多布衣。
天际初懵醒,蓝彤分东西。
风大撼山动,枯枝鸦巢寂。
(2018年1月30日)

游阳明故居

浙东句余第一姚,
阳明诞此瑞楼高。
凤山兰江会稽郡,
江南布衣多才骄。
(2018年1月30日)

河姆古渡行

河姆古渡访先踪，
田螺山下睹玉容。
华夏文明五千年，
更早两千在浙东。

（2018年1月31日）

登瑞云楼有感

琼花洗铅尘，拜师叩瑞云。
古越明阳子，余姚王守仁。
三真溯不朽，心学传经神。
词章领风骚，文韬铸名臣。

（2018年1月31日）

江南雪

纷纷扬扬飞天花,
江南大雪嘉年华。
青瓦绿枝染琼色,
浙东名邦披白裟。
(2018年1月31日)

琼树飞花

渐行渐远渐鹅毛,
雾重霭浓大雪飘。
老夫乘兴摇琼树,
飞花忽惊流年早。
(2018年1月31日)

圆 月

昨夜穹宇偷圆月，
刚塞口袋被发觉。
辩说广寒来约会，
羞得嫦娥满红腮。

（2018年2月1日）

日照雪残

曦光照冷寒，丘壑冻雪残。
阡陌改颜色，半山白如染。
枯林鸦归巢，农家袅炊烟。
陀童冰上嘻，老夫叹流年。

（2018年2月2日）

冬日解寒

蜇虫始振播桑麻,
鱼陟负冰吐水花。
维春卒始冻半泮,
阳和鞭耕看农家。
（2018年2月4日）

立　春

城北立春不见春,
城南立春春已春。
城东立春融春水,
城西立春绽迎春。
（2018年2月4日）

小 年

腊月二十三，灶君来巡年。
东家剪窗花，西邻贴对联。
讨债今天止，返乡昨日还。
祭祀多贡品，上天好话言。
撒黍南山坡，鞭炮惊鸟迁。
我有慈悲心，苍生皆欢颜。

（2018年2月8日）

西山落日

夕阳彤如火,
西山峰上着。
风烟弥漫处,
红霞染阡陌。
（2018年2月8日）

把卷品茗

阳光暖暖照春寒,
半惬半卧渐入眠。
古卷不羁滑落地,
抬手又碰老茶翻。
（2018年2月11日）

鸟倦归

风狂方识归鸟倦，
绕巢无助独盘旋。
扶摇乱舞无章序，
借势嘶喉上青天。

（2018年2月11日）

别　梦

别梦懒懒曦光暖，
白云如絮嵌天蓝。
掐指五天除夕夜，
唯叹流年最不堪。

（2018年2月12日）

芙蓉赞

其一

情纠芙蓉话,
爱人在天涯。
封心捧红豆,
掐指等归家。

其二

窗外红芙透帘馨,
风来婉约唤情人。
芬芳馥郁蕊滴露,
青叶嫣嫣被勾魂。

(2018年2月14日)

除夕祝福

其一
沐浴更衣扫初夕,
佳肴煮酒待初一。
举杯虔拜过年好,
吉祥顺意送知己。

其二
灯影阑珊微钝波,
烟花散却夜空阔。
爆竹声声除岁紧,
戊戌初一子时约。

（2018年2月15日）

戊戌卷

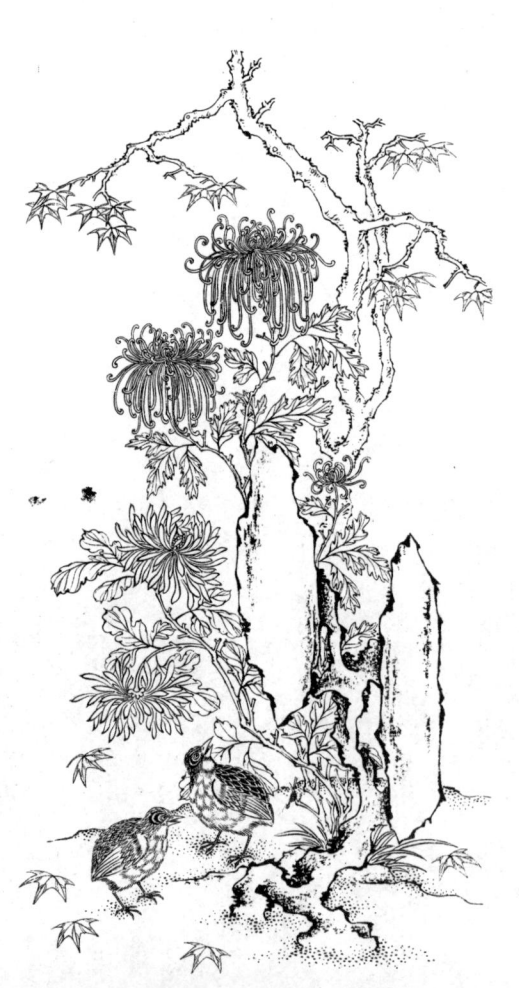

除夕感怀

烟花嚣繁染屠苏,
又贴戊戌新岁符。
初心不忘顾流年,
谦卑感恩铭玉壶。

(2018年2月16日)

除夕·修身辞

戊戌第一天，举国庆新年。
我亦平常心，恬淡踱海滩。
碎浪知心事，似雪幻瞬间。
椰风含笑靥，花红娆翩翩。
岁月荏静好，如沙柔柔绵。
休再言壮志，富贵是平安。
知足唯境顺，谦和待君前。
高尚且善良，贵己不如贱！

（2018年2月16日）

南海禅寺

焚香沐衣颂佛经，
南海禅寺敲晨钟。
正月初二年味浓，
今日不才是寿星。

（2018年2月17日）

滩上行

踏波沐海风,
赤脚滩上行。
沙软印心事,
浪退抚痕平。
(2018年2月17日)

春夜流年

酒红灯霓恋春夜,
不到熟醉不肯歇。
流年从来无情逝,
朱颜辞镜悔未觉。
(2018年2月22日)

夜半读书

昨夜酣醉忘晨读,
半醒半梦褶残书。
懵懂迷离南窗外,
又是春风骑青竹。
(2018年2月22日)

踏沙行

椰风习习乱翻书,
踏沙软软碎浪逐。
远眺星海勾弯月,
半滩烟花闹屠苏。
(2018年2月23日)

归中原

昨夜梦长回中原,
醒来枕上泪痕染。
黄粱又跪双亲去,
从此牵思过冷年。
(2018年2月23日)

童年印象

打夯喊夯歌,青砖垒跟脚。
桐木做门窗,榆树当梁坨。
鸡犬不怕猫,猪成牛舍客。
安贫家乐道,童趣梦里多。
也曾书琅琅,绕膝等厨火。
而今最无憾,青春在此过。
(2018年2月23日)

碎浪涛声

碎浪染余晖,
涛歌伴夕阳。
半滩戏海客,
无视渔人忙。
(2018年2月23日)

耕读传家

其一
冰轮玉鉴映梅红,
诗赋对酒伴书耕。
偶得传家金石拓,
垂花门前思乡情。

其二
夜半笙歌触酒瓠,
酩酊大醉作诗赋。
耕读传家稼穑梦,
篱笆花藤晒藏书。

(子萍大姐和诗一首,我斗胆改动4字,聊表心境。2018年2月25日)

春将至

正月十一春已渐,
琼华翠微岁将远。
才折蕉叶挥汗热,
又将棉袍过余年。
（2018年2月26日）

问

寒庐陋舍遍地书,
藤编成篮做卷橱。
敢问先生何所执,
章华台上作诗赋。
（2018年2月28日）

点绛唇·大凉山美

邛海西波,正月十五涉凉山。
攀枝花嫣,雾霭泸峰险。

半滩白沙,瀑水泄汤泉。
云流烟,嶙峋溪涧,大美染川南。
(2018年3月2日)

梅花引·早春

陇上草，知春早，阳坡青蕾绕丝缲。
惊蛰天，淡若烟，浪风乱书，阡陌蒹葭苒人间。
暮云凝碧不知愁，踏青西郊挖野蔬。
澄溪汀，水植青，
鱼翔浅底，洗墨采藻荇。

（2018年3月5日）

夜　思

三更夜半，无眠翻古卷。
相思成字行间乱。
浅愁谁能懂？满页娘容颜。
神游去，恍惚又回懵懂年。
争谋名与功，几人识荒冢。
孰无过，且中庸。
贵己不如贱，汗牛充陋栋。
观天下，往来谈笑皆白丁。

（2018年3月6日）

问 禅

凡夫多拜禅，
几人见真仙？
菩提唯念心，
般若尚善虔。

（2018年3月7日）

渔家傲·两会感言

轻寒软暖梨花雾，三月阳春难识路，封道清街改宪章。多沧桑，朝野多欢启台幕。

细柳台榭映金缕，半阴半晴有殊途，横刀立马近平说。正道抉，力挽狂澜凭栏处。

（2018年3月14日）

河传·春思如烟

陋室,捧书。
翻寂落,风抚青叶微过。
煮茶沸腾销魂火,对错,如流年无着。

又将清明烧纸钱,归乡难!
人情多不堪。
发华渐,不少年,草汀汾河岸。
(2018年3月16日)

冬无怨

其一

雪落阳春做小三,雨春相恋被拆散。
常怨冷冬无温情,怎懂延命唯用寒。
道是无情却痴心,负冬约春偷缠绵。
顾得一面春模样,化作春泥即涅槃。

其二

春雪才下即消融,
玉泉山汀飞花琼。
昆玉河潺洗纤尘,
阡陌从此不染冬。

其三

春雪荡荡迎大帝,
王者归来铸铁律。
一朝天子临共和,
日月同辉寰宇熠。

(2018年3月17日)

一络索·春雪

袅袅婷婷赴春约，芽枝不肯歇。
委身落泥化香水，羞答答、扭捏捏。
飘飘扬扬碎玉袂，花事怎堪解。
不将翡絮比仙子，落柔柔、笑怯怯。
（2018年3月17日）

云水禅

灯火阑珊峭春寒，
云水禅心赋流烟。
才却素面琼花碎，
旖旎清绝改江山。
（2018年3月17日）

二月二有感

二月初二理华发,
纠结龙头剪哪家。
衰鬓稙穆不堪老,
权给新匠练冬瓜。
(2018年3月18日)

蝶恋花·春分

西山东坡鹅柳金。
几点迎春,新藤芽旧楯。
莓苔朦胧绿初染,玉泉隐约水派派。

北庭南窗兰花茵。
数枝汀氲,浅墨泼烟耘。
挥毫不觉天将醒,子时才过已春分。
(2018年3月20日)

点绛唇·暗滩踱幽

黯穹星没，涛声隆隆渔火烁。
椰影婆娑，草虫和蛐歌。

风流软滩，白沙柔隐约。
穿林过，惊呼哎哟，一对情人拙。
（2018年3月24日）

一剪梅·日暮海棠湾

锦鲤群觅闹池塘。
廊灯初放地，玉兰馥香。
亭台楼阁纳清凉。
轻翻书卷，怕惊鸳鸯。

蛙声才暮波影荡。
椰风爽朗，蕉叶华裳。
木棉花下话衷肠。
流溪落皱，半轮月漾。
（2018年3月25日）

一剪梅·再顾海棠

晨观鲤鱼欢荷塘。
织水若锦，尾摆翡黄。
回顾才觉池未央。
浮萍柔羞。青蒿疯长。

昨夜玉兰更馥香。
水蕉吐穗，藤蔓红妆。
堤桥涤翠迢风凉。
湫软如沨，潆榭霓裳。
（2018 年 3 月 26 日）

遍枝花

丁香南窗下，
芳馥沁嫩芽。
昨日还羞涩，
今天遍枝花。
(2018 年 3 月 30 日)

四月

行香子·春微踏青

杏花粉微，青樱芽坠。
郁金香，迎春烟翠。
鹅柳金粉，玉兰芳菲。
藤下读书，书中人，人徜醉。

海棠红涗，丁香馥蕊。
蝴蝶兰，岸汀徉睡。
榆钱结枝，壁攀蔷薇。
月季蓓蕾，蕾浅浣，浣紫泪。

(2018年4月1日)

清 明

其一

琼瑶飞雪祭清明，
梨花带雨云水冷。
烧纸冢前泥上跪，
别惊青麦拔节声。

其二

四月落雪羞飞絮，
梨花带雨和春泥。
百合靥萎迎风泪，
海棠丁香哭红衣。

其三

春雨霏霏洗暮纱，
风柔落落涤穑稼。
清明如约云水谣，
雪泥粘白冢上花。

(2018年4月4日)

沁园春·西山春暮

西山晴晚，草麝如兰，丁香弥萱。
看夕阳流烟，薄暮纱黛地，浅青潜然，翠微虹染。
红霞芳菲，紫竹漪澜，清风徐来乍还寒。
入万户，摇红棠丽裳，影瘦姿芊。

云霞如火烂漫，日月同辉濯星穹梵。
梨花带雨剪，鹅柳抽金和，桃蕾含羞，枝涵玉兰。
榆钱鹊衔，蒹葭芽瘦，粉杏落瓣蕊缱绻。
飘华堂，夜灯照阑珊，朕的江山。

(2018 年 4 月 11 日)

咏海棠

红蕾才长大,
霓裳粉白纱。
无风香十里,
灼雅海棠花。

(2018年4月11日)

春游颐和园

水榭杏花微,
亭台漫芳菲。
颐园七里泺,
仙子做香闺。

(2018年4月11日)

南乡子·回中原

春华来中州,杨絮粘白青麦头。
今回故里身似客,谁懂?
不惑之年已白头。

花浓柳枝瘦,榆钱渐老紫燕啾。
青黄不接忆往事,那年。
曾经饿腹偷豌豆。

(2018年4月18日)

春 意

雨生百谷分三候,
羽裳拂水跃鸣鸠。
荷塘浮萍始生微,
桑鸟唤种唱枝头。

(2018年4月19日)

青 禾

谷雨琛琛沐阡陌,
云水袅袅浴青禾。
芳菲浓彩染窈春,
一池落红柳婆娑。
(2018年4月21日)

农 乐

云水缥缈隐农家,
白鹅曲项吻蒹葭。
青麦濯濯画阡陌,
雨生百谷洗落花。
(2018年4月23日)

满园芳

才栽流苏昨夜开,
馨香满院沁君怀。
春浓方显花枝瘦,
琼瑶落雪芬芳来。
(2018年4月30日)

蔷薇花开

蔷薇早熟丛中笑,
鹅黄红粉比妖娆。
窈窕瘦枝花千骨,
风做秋千荡细腰。
(2018年5月2日)

太 康

其一

绳纹板瓦汉未央,
谁懂阳夏祭太康。
点豆扶秧唱道情,
往东十里是故乡。

其二

昨夜春风旎,
翻箱找单衣。
今早已立夏,
檐下听燕语。

其三

蛙鸣聒噪菝葜架,
天地始交染农家。
藤蔓如许春缘尽,
曦光落红迎立夏。

(2018年5月5日)

再归太康

晨雨羞怯润清晖,
揖别太康今日归。
莫道游子不思家,
昨夜梦里拥母偎。
(2018年5月6日)

青麦感怀

好雨落琼阡陌流,
青麦如许穗芒稠。
当年赤脚褴褛子,
而今布衣戏王侯。
(2018年5月6日)

浪淘沙令·中原行

云水织纱烟，耕读中原。
本是潜龙蛰伏地。
麒麟才高经纶天，天地棋盘。

风清释葭蒹，借道颍川。
天下无人不事故。
何必悲情论经年，谈笑江山。

（2018年5月6日）

菊 花

鹅黄染胭脂，
芳菲沁汀紫。
不与百花争，
月月羞仙子。

（2018年5月9日）

小园春色

花开太雍容，姹紫羞嫣红。
鹅黄如鎏金，柔粉太多情。
东架白蔷薇，西阁爬紫藤。
流苏香依旧，青笋节节成。

(2018年5月16日)

满园花开

其一

青果涩涩沐朝曦，
蒹葭苍苍荡水漪。
蒲公娆首等风约，
仙子浅池洗花衣。

其二

水沐风尘洗香瓣，
姿采若隐浴红残。
都是昨夜无情雨，
禅意漂萍成窅然。

(2018年5月19日)

玉　泉

藤椅悠悠摇天下，
布衣恬恬读年华。
西山苍翠欢瀑风，
玉泉水深不知夏。

(2018 年 5 月 23 日)

树　下

清风荫下卧，
满树枣花落。
眯眼看天隙，
一叶一婆娑。

(2018 年 5 月 26 日)

落花颂

花落瓣瓣心不甘,
荒渠幽幽葬语嫣。
从此芬芳洗清绝,
化作香泥更缱绻。

(2018年5月26日)

书茶流年

燃香袅袅翻籍页,
书里流年浑不觉。
布谷隐约已芒种,
清茶一盏等风约。

(2018年6月6日)

石 榴

半树绿叶半树花,
青果硕硕窈沙华。
蕊瓣黄翡绿红翠,
结禅粒粒嵌袈裟。

(2018年6月12日)

梦忆高堂

午梦幽幽回故乡,
榕树藤下倚高堂。
风扯白发染相思,
唤我天凉添衣裳。

(2018年6月14日)

初　心

曾经赤脚踏雪尘，
而今锦衣喷香绅。
初心不在人浮躁，
有谁花丛不沾身？
(2018年6月14日)

端午赏荷

般若掬露云水谣，
花蕊溢香漫堤桥。
红鲤荷底三两尾，
清凉如许绷莲绕。
(2018年6月15日)

江城子·慈母忌日是端午

慈母去后不归乡,汾河边,无高堂。
　　梧桐成荫,蹒跚劳作忙。
树下摇扇人不见,家已散,变故乡。

梦里返童捉迷藏,趴墙根,骑猪羊。
　　三餐红薯,天天补破裳。
无忧无虑多欢快,娘亲去,拜端阳。
　　　（2018 年 6 月 15 日）

梦

阡陌扬鞭耕梦中,
日上三竿不愿醒。
白发蹒跚擀长面,
喑哑慈语俯耳盈。
　（2018 年 6 月 17 日）

端　午

草色青茂隐熹微,
娉婷婆娑柳若眉。
京西十里稼穑路,
户户门上艾草垂。

（2018 年 6 月 18 日）

蔷薇花开

天高云淡蝉鸣欢,
苍翠欲滴夏日炎。
山色婀娜凝碧黛,
读书旁骛难参禅。

(2018 年 6 月 19 日）

荷 花

镜池霓虹溢暗香,
菡萏含苞约情郎。
芙蕖早熟慕娉婷,
水殿鸣蛙唱清凉。

(2018年6月20日)

夏 至

蛙鸣蝉噪嫌天长,
垂柳扶风池水涨。
浮萍娴静若处子,
水石幽清荷满塘。

(2018年6月21日)

游香炉峰

脚踏香炉峰,君临瞰皇城。
掐指夏至日,登高逞英雄。
玉泉流紫烟,峦黛碧葱茏。
颐和一叶水,梵宇祥云呈。

(2018年6月21日)

阮郎归·浮萍

两缸真水倚门语，浮萍嬉红鱼。
叶柔亭亭穿花衣，夏至是昨日。

风趔趄，懒散吹，叶怏蝉鸣嘶。
青荷落蜓窈黛漪，馥香和浅泥。
（2018年6月23日）

芙蕖初开

芙蕖初开漫堤香，
彩蝶翩翩花下漾。
清风好色吻羞蕊，
红尾恋恋叶底藏。
（2018年6月23日）

晚来雨落

晚来雨落落,风摇柳婆娑。
霓虹染彩裳,电闪惊心魄。
夜跑汗浃水,皱池琼瑶烁。
翡盘滚玉珠,青荷尖尖角。
醍醐醉心顾,倒影似渔火。
情侣丛中拥,相吻已忘我。

(2018年6月24日)

梦

读书夜半蓝莓酒,
溪水潺潺入梦流。
依稀又嬉村前河,
累醒大汗湿枕头。

(2018年6月24日)

踏莎行·说荷

菡萏娇羞，蜻蜓爱慕。
鹅黄红皱粉争淑。
小荷怯怯探尖角，翠盘悠悠凝玉露。

皱池怀春，青岚娓诉。
静听梵语诵禅牍。
如璞袈衣皆般若，仙子婀娜众生度。
(2018 年 6 月 24 日)

登玉泉山

长在山下吟五经,
愧无毅力登顶峰。
原本耕读一布衣,
玉泉潺潺谋民生。
(2018年6月24日)

云水濛

晚来云水濛,
嘶蝉等熏风。
汗滴成书渍,
贪读忘开灯。
(2018年6月24日)

归 乡

铁龙飞驰过故乡,
麦茬隐约青禾长。
云水含烟弥村落,
风来泥土格外香。
(2018年6月26日)

青色农家

村落井然梧桐下,
烟雨蒙蒙沐农家。
阡陌已是云水谣,
何人白釉描青花。
(2018年6月26日)

古巷荷花

古巷斜街遍荷花,
石桥活水荡蒹葭。
青瓦白墙忙稼穑,
云烟深处访农家。

(2018年6月27日)

热

骄阳蒸热浪,叶隙泛冷光。
日照无力喘,嘶歇蝉鸣慌。
摇舟采莲女,藏身青荷荡。
芙蕖恹恹睡,芦苇微微殇。
娇柳等风约,菱花溢暗香。
唯有蒹葭芷,傲立水中央。

(2018年6月27日)

凡 尘

行途沐楚风,
再扰老友兄。
心度凡尘客,
品洁沁躬耕。

(2018 年 6 月 29 日)

玉 米

青裳剥去肌羞玉,
晶莹剔透肤若脂。
嫩稚含香水盈盈,
我将苞谷煮成诗。

(2018 年 6 月 29 日)

七月

荷 叶

虹霞如练披霓裳，
镜月映榭水中央。
芙蓉私语柳梢头，
风约仙子溢兰香。

(2018年7月1日)

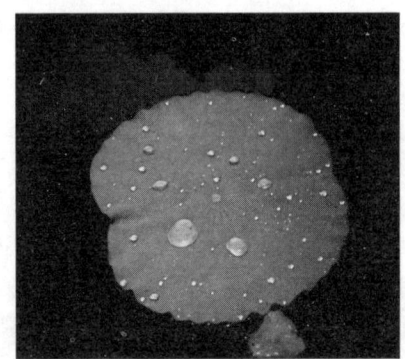

登香炉峰

又攀西山踏险韧,
汗透淋漓涤纤尘。
舒卷怡然香炉峰,
水渺浩烟识经轮。
(2018年7月2日)

观禾赋章

手把蕉叶摇清凉,
耕读正午锄禾秧。
欲求无为凭笔墨,
落花流水赋诗章。
(2018年7月3日)

芙蓉香

月透柳枝沐纱塘,
天水澄澈浴霓裳。
熏风可曾摇芙蓉,
亭台一池自来香。
(2018年7月3日)

半塘青荷

半塘青荷等风约,
馥香醉人浑不觉。
碧波粼粼荡蒹葭,
霓虹瀛处种婉月。
(2018年7月5日)

连理枝

邻家有藤爬墙来,
缠绵青竹昨才栽。
前世可曾做连理,
含苞一朵为君开。
(2018 年 7 月 7 日)

如梦令·夜

一夜清静无眠。
禅定空灵宇岸。
不觉五更天,释掌碰落古卷。
不捡,不捡。
聆听窗外雨烟。
(2018 年 7 月 9 日)

禅境·宇岸

宇岸空灵恬淡,
琼瑶澄澈蔚蓝。
时光慈柔长驻,
无嗔不悲流年。
(2018年7月9日)

同学问宇岸

五更已过人未醒,
皆因心身入仙境。
禅盘一夜非凡夫,
试问宇岸何美景?
(2018年7月9日)

雨浸青园

大雨倾盆倒,
自若嫌风扰。
落地汇成流,
管尔旱和涝!

(2018年7月9日)

半塘青荷

夜半冻醒蜷萝床,
懒懒抱枕挡风凉。
到晨飒飒雨不歇,
西窗爬藤又见长。

(2018年7月11日)

清平乐·桑拿天

云水青黛，山重漫紫霭。
雾锁袅袅等雨来，清凉熏风不在。
汗涌淋漓畅快，蝉鸣嘶嘶幽哀。
惬意躺椅摇扇，不堪蚊虫亲腮。

（2018年7月13日）

西山夜雨

西山半夜雨，连绵到早停。
夜爬背包客，树下祈天晴。
常有隐退意，素手谋太平。
闲暇赋雅韵，草庐画芙蓉。

（2018年7月13日）

雨中晚景

云水流烟阑珊晚，
倾雨狂风折青岚。
山河欲坠潋苒兴，
我将水滴作缶弹。

(2018 年 7 月 16 日)

金　夏

流年不歇串珠帘，
金夏入伏是明天。
漫翻闲书茶已凉，
时光不堪又半年。

(2018 年 7 月 17 日)

江　南

青黛几许山濡染，
云水袅袅琼瑶连。
阡陌潋滟恋烟雨，
从此帝都是江南。
(2018年7月17日)

山中远眺

流烟氤氲润青苔，
极目山黛云中徘。
神来妙笔画水墨，
抛却俗尘释情怀。
(2018年7月18日)

夜跑见闻

子时皇城浣霓虹，
车水马龙宛游龙。
桥下民工不知暑，
避桥过夜叙乡情。
(2018 年 7 月 19 日)

山中望山

山下望山不见山，
云水蒙蒙雾含烟。
不甘回首萧瑟处，
青黛隐约飘九天。
(2018 年 7 月 19 日)

夜跑莲池

莲池含羞漂霓裳,
芙蓉婉约花泥香。
雨落柔柔沐仙子,
云水琼瑶润桑秧。

(2018 年 7 月 20 日)

云水话禅

微恙初愈耕泥田,
老秧黄叶泽雨淹。
曲径新苔幽麓处,
疏林墟里云水禅。

(2018 年 7 月 27 日)

水调歌头·咏夏

日月同辉玦,京西十里约。
风物如醪清凉,唏嘘付流年。
昨夜流萤未酣,嘶蝉浑荒时节。
岁月多不堪。
寄语赋诗篇,掷笔耕桑田。

钓鱼台,颐和园,玉泉山。
曾属皇权,盛时辉煌败如烟。
皎皎琼华没落,谁记脂容玉颜,清冷嗟娇靥。
儿女情长短,谋划新江山。

(2018年7月28日)

插 花

迎春开蒹葭,
纯粹乱插花。
鹅黄点红翡,
风水败到家。

(2018年7月29日)

沏 泉

避暑沏玉泉,
蝉嘶动珠帘。
青叶恹恹睡,
蒲扇摇流年。

(2018年7月31日)

过尼山

一路读书过尼山,
物我两忘泉城南。
淄博往西方识鲁,
潍水潺潺泽桑田。

(2018年7月31日)

浣霓虹

夕照蓬莱摇蒹葭,
椭月一轮织金纱。
碎浪婉约浣霓虹,
今夜不醉不归家。

(2018年7月31日)

海市蜃楼

海市蜃楼今夜观,
琼楼玉宇飞天仙。
霓裳浣纱染金水,
凤凰涅槃八大关。

(2018 年 7 月 31 日)

梦回军旅

梦回三十二年前,向北夜过山海关。
呵气成冰匍雪泥,铁甲夜训火龙窜。
拉练徒步一百里,嚎向冷风帽盔山。
军区论剑大比武,金牌囊中炫技娴。
而今迈步心已老,豪气磨平徒汗颜。
壮志未必真男儿,一腔初心付流年。

(2018 年 8 月 1 日)

荷叶青

夕照煮纱烟,
青盖露修禅。
尖尖角羞涩,
风来荡水涟。

(2018年8月3日)

苦热行

酷暑煎烧蝉鸣哑,
赤炎万里天无涯。
阡陌稼穑箬笠客,
挥锄保墒青禾家。

(2018年8月3日)

小圃花果·红椒碧果

红翡绿翠紫罗兰,
雕琢青植蔬果尖。
为有白蕾缀阔叶,
娉婷落落吐语嫣。
(2018年8月6日)

小圃花果·绿叶青瓜

藤蔓生花瓣蕊黄,
节节高升须臾忙。
昨夜才结瓜如指,
今晌玉杵一拃长。
(2018年8月6日)

山中蝉鸣

暑热难耐立秋时,
山空一叶蝉鸣嘶。
登高极目清如许,
今起风凉添薄衣。
(2018 年 8 月 7 日)

秋实芳菲

几树秋实染清凉,
一叶相思许霓裳。
最是流年心不堪,
眼看枣绿比桃黄。
(2018年8月7日)

浅　秋

浅秋流水雅,
落日枕日纱。
稼穑炊烟袅,
清凉入农家。
(2018年8月16日)

秋　来

秋来不堪数经年，
玉宇寂寥月宫寒。
霜华沧桑染青丝，
细品相思若修禅。

(2018年8月16日)

村　雨

极雨滂沱漫中原，百里田枯冢草淹。
思忆丰秋拾青豆，赤日割荒磨铁镰。
河湍嬉渡偷邻瓜，饥肠辘辘不敢还。
唯有稼穑方饱腹，虔祈故乡连丰年。

(2018年8月21日)

忆 乡

蝉嘶玄月穿云漏,
清凉漫掩洒浅秋。
古卷心灯思千绪,
犹觉故乡鸣鹧鸪。

(2018年8月23日)

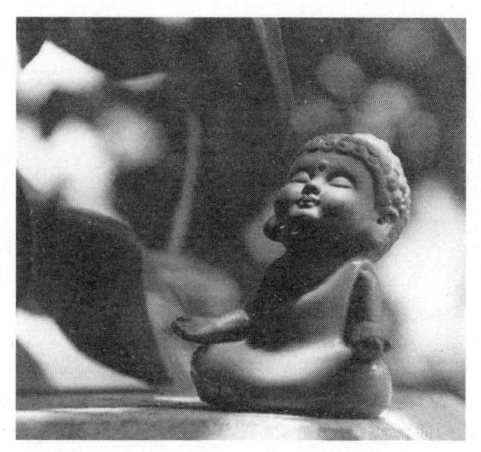

黄叶落

浅秋黄叶孤,
落只叹寂庶。
苔阶通寞幽,
岚风识归途。
(2018 年 8 月 29 日)

九月

雨景

其一

南国秋瘦云水蒙,
霏雨流烟沐榕藤。
偶有泠泠黄叶只,
犹觉风柔露花凝。

其二

雨落藤蔓丝丝长,
风来瑟瑟瘦夜凉。
白纸伞下相思约,
对凝无语拥花墙。

其三

霏雨将秋入江游,
灯火阑珊照新旧。
把酒言酣犹未尽,
患难方识真清流。

(2018年9月2日)

临江仙·夜雨醉珠江

才将清秋染云绮，泠风惹来霏雨。
金阙琼瑶湿锦衣。
意澜赋诗辞，举杯觞知己。

霓彩凝露珠水串，泥墙老木干枝。
闲暇读书已成痴。
微醉花影重，红腮趔步姿。
(2018年9月2日)

浣溪沙·梦

昨夜思母在异乡，
慈语轻喃天儿凉，
蹒跚入梦送衣裳。

醒来犹觉温馨在，
热泪湿枕盈红眶，
掐指选日回故乡。
(2018年9月3日)

浅秋即景

秋浅京华熠熠亮,
芙蕖带露漫真香。
瀑波流翠织金色,
琼天白云水中漾。

(2018年9月3日)

空山黄叶飞

偶见落黄一叶飞,
流年易逝再难追。
苔阶峰黛踩脚下,
一揽青岚不欲归。

(2018年9月5日)

烟·茶·禅

青藤荫下一只茄,
建盏银壶品老茶。
三两好友论国是,
风泠尘俗涤物华。
(2018年9月5日)

荷 花

葭叶凝珠不是霜,清辉逐暑始秋凉。
白露成霖濡萎草,雁啼农家稼穑忙。
阡陌牧野云天近,菊开兰涩银杏黄。
且将桂汀芳馨黄,花香如故初心藏。
(2018年9月8日)

耕读辞

居官不位方能臣,
出入面圣踏紫金。
耕读传家东篱下,
钱财怎量富与贫。
(2018年9月8日)

喜会老友

老友数年今谋面,
睿语慧识谈论欢。
且将杯茶当酒醉,
才高北斗心自谦。
(2018年9月12日)

醉　茶

布衣桑履涉清秋，
蒿葭乱藤蔓渠沟。
枫笺才红难成句，
老茶欲醉天下收。
(2018 年 9 月 15 日)

叶舞霓裳

一叶飘摇落西窗，
柔柔涩涩浅施妆。
半红半翡罗兰紫，
仙子作羽舞霓裳。
(2018 年 9 月 16 日)

玉露丹枫

玉露丹枫桂香馨,曦纱缥缈绝嚣尘。
月季藤丛月下开,初心清灼对旧人。
雏菊樊篱羞靥笑,霞映池塘金沉沦。
霜盈苔阶绿显瘦,倦马如我归祥林。

(2018 年 9 月 16 日)

行 禅

阶上独步孤,
丹枫近却无。
境由心生障,
谁辨尘和土。

(2018 年 9 月 17 日)

浣溪沙·秋夜

清凉如许结丝窗，
丹桂馥郁开霓裳，
黄蕊黛露染秋色。

缠绵袅袅织纱幕，
蚕虫戚戚泣浅霜，
冷叶瑟瑟叹凋黄。

(2018年9月18日)

秋 冷

日暮紫烟照阁亭,
涟漪轻轻吻芙蓉。
风姿摇落柳叶瘦,
我替蒹葭恨秋泠。

(2018 年 9 月 19 日)

莲池秋景

夜跑莲池镜水洲,
霓光凝露芙藻流。
相约何必中秋月,
先赏西郊一山秋。

(2018 年 9 月 19 日)

悟

落叶起舞卷尘扬,朝露日晞浅秋凉。
涤净穹庐同辉月,浸染老夫白首郎。
流年易老多感慨,故宫难寻万岁皇。
从此初心读书夜,布衣粗茶睡木床。

(2018年9月21日)

赏月入禅

穹庐浩瀚嵌银盘,
尚逊一弯盈月圆。
静凝皎洁众星捧,
清凉如许渐入禅。

(2018年9月22日)

沁园春·中秋夜

蟾光绰篁，娥影横妆，栈静波漾。
桂花香索鼻，秋瘦似裁；桑梓经年，白露为霜。
冰轮圆透，枌榆千里，清露怜我客异乡。
枫叶摇，夜凉惜红袖，思忆高堂。

流岁感慨怀伤，凝浩渺流星扯霓裳。
逸致付闲棹，亭台瑟簇；
蒿草荒芜，唯飘芬芳。
穹庐无垠，琼瑶高上，楚佩蕙畹馥稻香。
眺银瀚，合掌祈夙愿，天下安康。

(2018 年 9 月 24 日)